성공한 덕후 1

글·그림 옛사람

Contents

00

프롤로그

(호상)

*호상(好喪): 복을 누리고 오래 산 사람의 상사(喪事)

단 하루만이라도 좋으니 만날 수 있다면…

하루만이라도 좋으니 오빠 손가락이라도 되고 싶다…! 제발!

그렇게 오빠를 향한
간절했던 제 마음이
하늘에 닿았던 것이었을까요?

정말로 그 일이

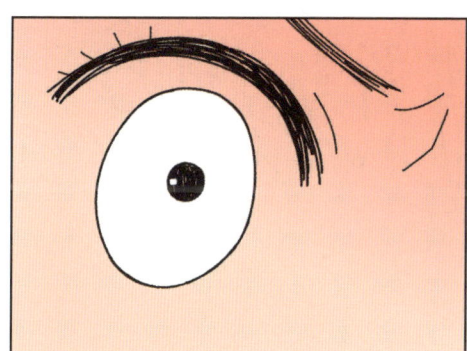

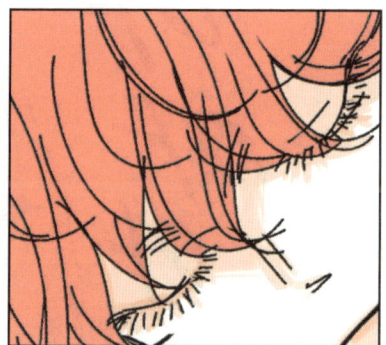

일어나고 말았습니다.

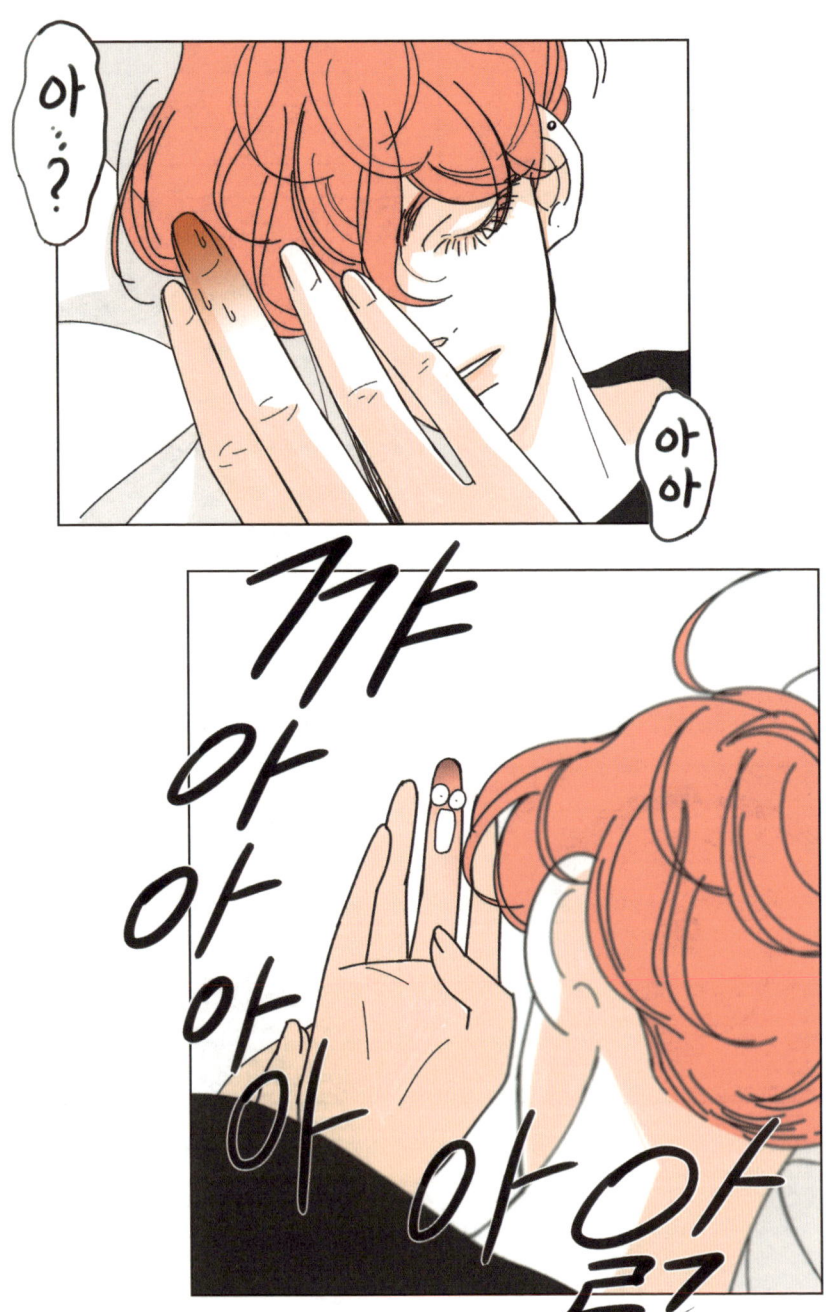

01

성덕이 되다

내 이름은 박정민.
그렇다, 나는 흔히들 말하는
빠순이다.

사람들이 게임을 하고
연애를 하며 행복을 느낄 때
나는 덕질을 하며 행복을 느낀다.

이번 앨범
포토 카드는
누굴까…

두근
두근

휙

!

최
애
당
첨

최애 카드는
레어템으로 하늘이
선사하는 것인데 제가 감히…
앞으로 더 최선을 다해
덕질하라는
더 열심히
의미로 알고
덕질할게여…

귀여워...

아이돌에 울고 웃는 나를 한심하게 보는 사람이 분명 있겠지만

난 내 나름대로의 신념과 자부심을 가진 빠순이다.

신념

내 새끼는 까도 내가 까고

예쁜 굿즈는 비싸도 돼.

나는 지난 4년간
오구오구라는 보이 그룹을
꾸준히 덕질했는데

다 눈에 넣어도
아프지 않을 내 새끼들이지만
그 중에도 최애가 있기 마련.

내 최애는…

안녕하세요~ 기윤입니다☺️

어기윤!

쒸익

여러분~ 오늘 오랜만에 뚱이 데려왔어요! 보고 싶었죠?

보고 싶었죠?

할짝

할짝

!

나도…

나도 될 수 있는데…!

오빠의 개가…

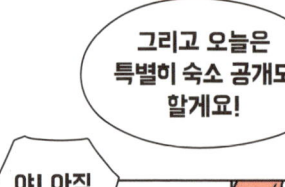

그리고 오늘은 특별히 숙소 공개도 할게요!

야! 아직 안대!!

으~ 먼지~ 역시 더럽져?

내가…! 숙소 청소도 해줄 수 있는데…!

먼지 새끼 내래 다 조사버리게쒸!!

열정페이가능

사실 난
최애인 기윤이를 통해
입덕하게 됐는데,

그래서인지 처음엔
단체 속에서도
기윤이만 보였었다.

기윤 오빠만 보이네…
난 지독한 개인 팬이
될 건가 봐…

…라고
생각했었다.

*개인 팬: 아이돌 그룹 내 특정 멤버를 좋아하는 팬.

하지만 어느 순간
정신을 차리고 보니

지독한 올팬이
되어 있었다.

올팬: 한 아이돌 그룹의 모든 멤버를 지지하고 좋아하는 팬.

올팬이 되고 나니 굿즈 쌓이는 속도도 장난 아니었다.

X발 이렇게 된 거 영망으로 살자.

〈내가 덜 입고 덜 먹으면 굿즈가 살찐다〉

어이쿠, 굿즈 박스가 내 키만큼 자랐구나

허허 허허

이렇게 행복하게 덕질을 하다 보면 종종 듣게 되는 질문이 있다.

왜 그렇게 아이돌에 돈을 써? 어린애도 아니고.

네가 그런다고 알아주는 것도 아닌데, ㅋㅋㅋ

아~ …알아 봐주길 바라면서 덕질하는 팬들은 없어요. ㅋㅋ

그냥 좋아서 덕질하는 거죠. ㅋ

feat. 마음의 소리

누가 보면 니 돈으로 내가 덕질 하는 줄 알겠어요 ㅋㅋ

처음에는 이런 질문에 구구절절 대답을 했었는데 그럼 항상 이러한 현상이 일어났다.

작년에 오구오구가 대상을 탔어요.

그래, 나는 차를 사려고.

아, 저는… 올해도 오빠들이 대상 탈 것 같아요.

〈집단적 독백〉

그래서 이젠 그냥 대충 대답하고 말아 버린다.

23

어차피 아이돌에 대한 편견을 가지고 있는 그들에게 내 가수를 어찌 설명하리.

멤버 하나하나가 얼마나 매력 넘치고 착하고 노력하는지를.

어구 어구 긔여어 긔여어!

저도 그렇고 멤버들도 술을 못 마시니까 군것질을 더 하게 되는 거 같아요.

거기다 여리고 순수하고 팬밖에 모르는 팬바보들에….

PD: 꽃 좋아해요? 한참 보고 있네요.

어쩜 이리 말도 예쁘게 할까?

예쁘잖아요ㅎ 예쁜거 보면 팬분들 생각이 나요. 저희는 항상 받기만 하니까…

PD: 한 송이 가져가요~

꺾으면 아플 테니까 그냥 보는걸로 만족해요.

천사야. 오빠는 천사야.

동네 사람들! 내 새끼 좀 보세요! 천사 같은 내 새끼들…!

뭐가 됐든…
한 번이라도 만나서

텁
썩

눈을 맞추고
이야기 나누고 싶다….

나의 봄, 어기윤

안 될
일이겠지….

…그랬는데

어떻게 이런 일이
일어난 거지?

꿈인 걸까?!

당연 꿈이겠지?

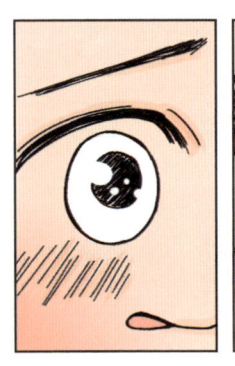
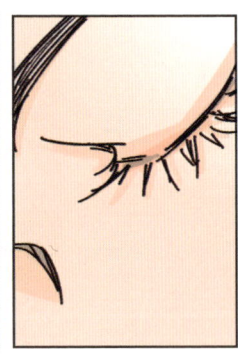

쒸

의

그래, 꿈이야 이건!
그러니 침착해!
흥분하다간 더 빨리
깰지도 모르니까!!

제발,
침착!

침착해

이성을…!

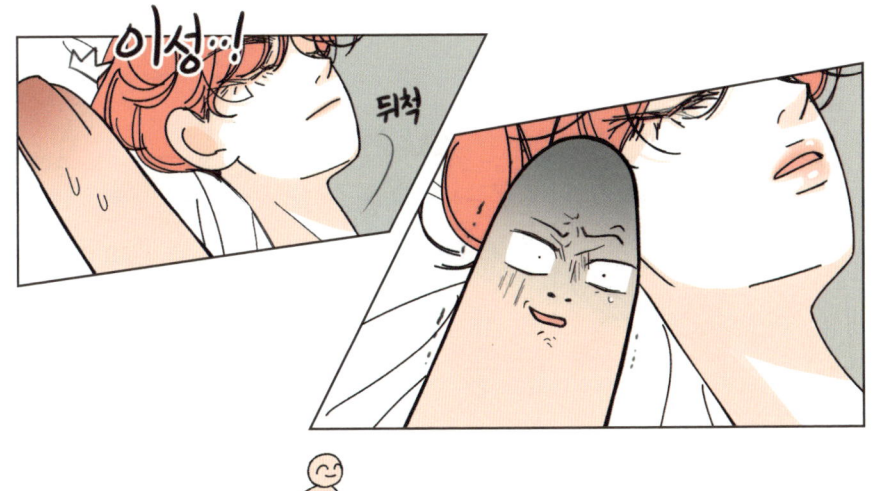

- 좋은 삶이었다. -

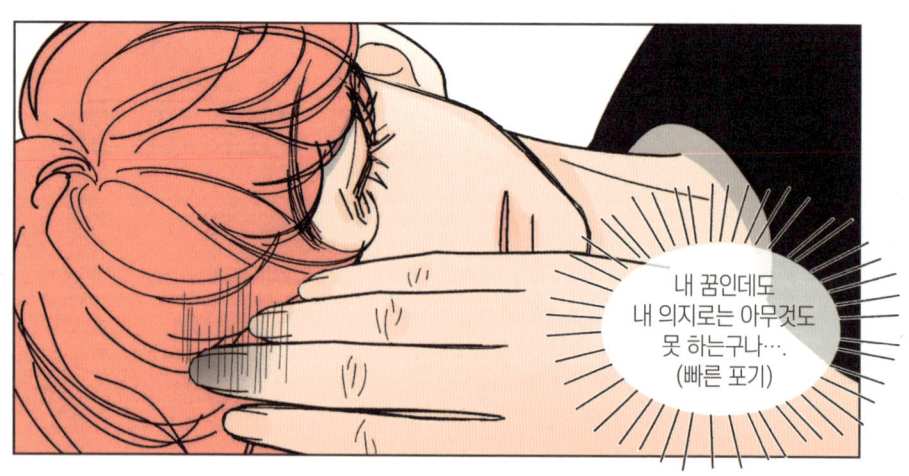

엇...
그러고 보니
가운데 손가락이네….

그리고 왠지
대머리 같잖아…?

!!!

으아아아아

?!?!

배고파….

오빠…
그러고 보니 컴백 전이라
또 다이어트 중이겠네….

그러고 보니…
나도 겁나
배고픈데…?!

설마 오빠랑
한 몸(?)이라 배고픔도
같이 느끼는 건가?

꾸
아앍

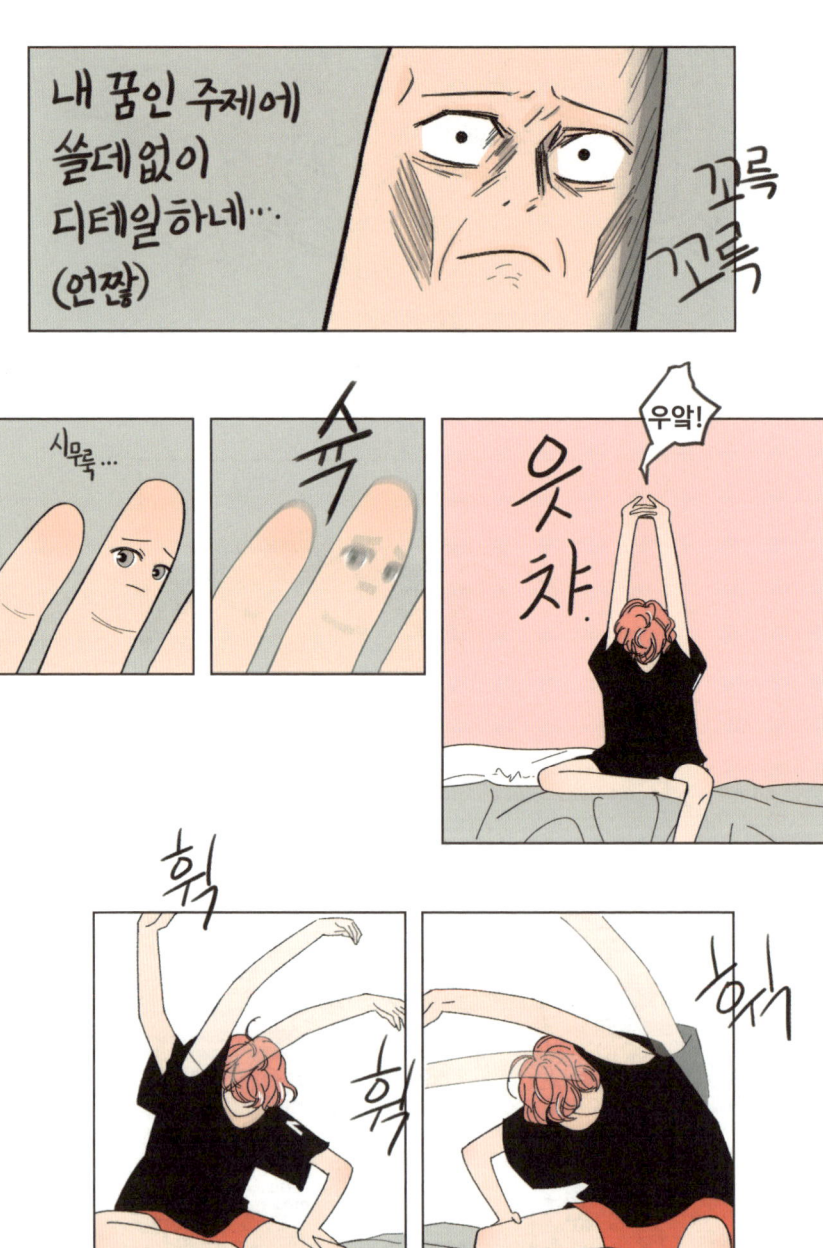

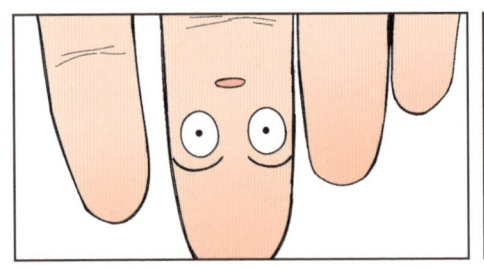
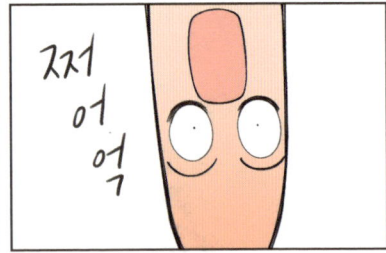

지난 4년 동안 그렇게
간절히 바라고 바래도
두어 번 꿈에 나온 게
다였었는데…!!!!

오빠들 꿈꾸게
해주세용….

〈거의 흑마술급〉

그마저도 열받는 건
꿈속에서조차 나는
수많은 팬들 중 하나일
뿐이었다는 것….

39

죽을까? 지금 죽으면 웃으면서 죽을 수 있어….

기윤 형.

아침에 좀 더 빨리 일어나요. 프로답지 못하게.

그래, 알았으니까 넌 바지 좀 입어. 사람답지 못하게.

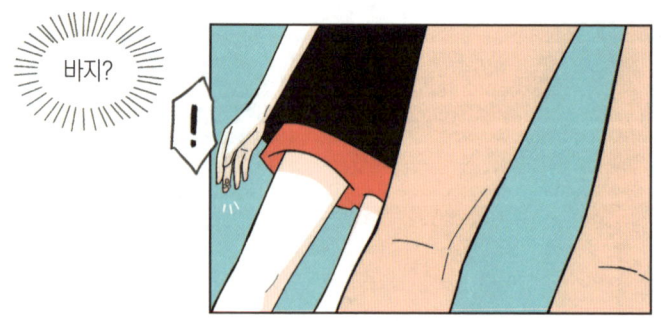

바지?

!

어기윤,
일어났냐?

치카

치카

끄악!
고준 오빠까지!

사람은 자고
일어나면 원래
이빨을 닦는 거가
못배워 먹은 놈아.

뭘 혼자 처먹고
양치하냐?

배고파….

툭

야,
와서 이거 먹어
네 아점이야.

닭은 오늘
먹기 싫어….

해설 형은
잘 먹잖아.

아, 마이따

마이따

아, 마이따
(정신 승리)

주륵—

돌도 씹어 먹을 나이에… 오빠들 정말 힘들겠다….

자자~.

기윤이랑 고준이는 얼른 마저 씻고,

휘운이 얼른 바지 입고 형도 한판만 더 하고 게임 꺼요.

석준 오빠…! 역시 리더라 카리스마 쩐다… 졸라 멋있어. ㅠㅠㅠ

꿈이라지만 모든 게
너무 생생해서 현실 같아…
마치 정말 함께
있는 것처럼

벅차도록
행복한 꿈이지만,
한편으로는…

잠에서 깨어났을 때
또 얼마나 허무할지 떠올리니
슬퍼졌다….

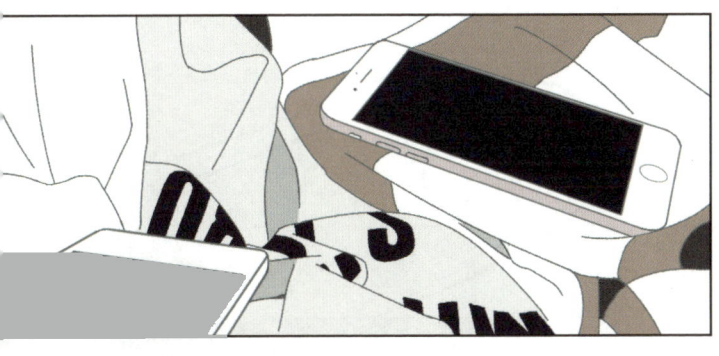
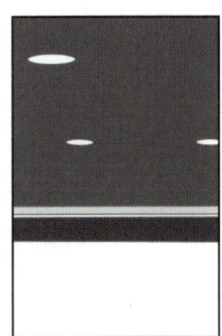

그렇게 잠에서 깨어나지
않기만을 바라던 그때,
음악이 흘러나왔고

나는 문득, 이 순간이…

미친 뭐야 이거…!
어떻게 이런 일이
일어난 거지?!

이 음악, 안무를
내 뇌가 짰냈을 리
없잖아?! 말이 돼?

하지만 이게
꿈이 아니라면
대체 어떻게 이런 일이
일어날 수
있는 거야?!

확실해!
내가 티저를 수천 번
스밍했는데
모를 리 없어…!

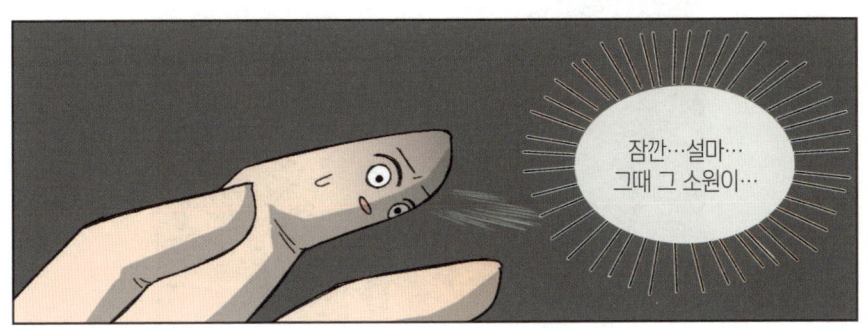

잠깐…설마…
그때 그 소원이…

하루만이라도 좋으니 오빠 손가락이라도 되고 싶다…! 제발!

이뤄진 거?!

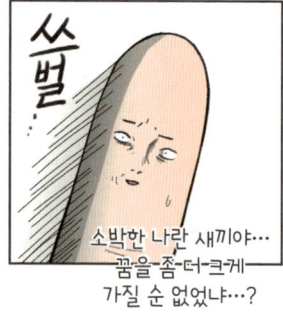

소박한 나란 새끼야… 꿈을 좀 더 크게 가질 순 없었냐…?

이…일단 침착하자…! 그럼 정리를 해보자면… 내가… 실제로 오빠들과 함께 있다는… 거…지…?

함께···!!!

내가 성덕이 되다니!
내가 성덕이 되다니!
내가 성덕이 되다니!

불과 이틀 전까지만 해도
수십만 명의 팬들 중
하나였던 내가

지금 내
눈앞에 있다니….

동작 맞춰보고 다시 하자.

석준 형, 형이랑 나랑 후크 들어갈 때 동선 맞춰 봐야 할 거 같아요.

그래?

아, 이거 저번에도 주의 들었는데 자꾸 틀리네… 너한테 맞출게.

저는 무릎을 팔 뻗으면서 바로 치는데, 형은 반대로 하다보니까 묘하게 안 맞아요.

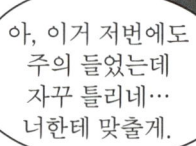

끄앙!

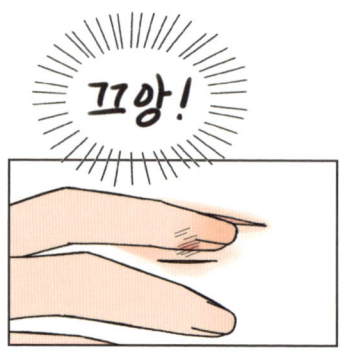

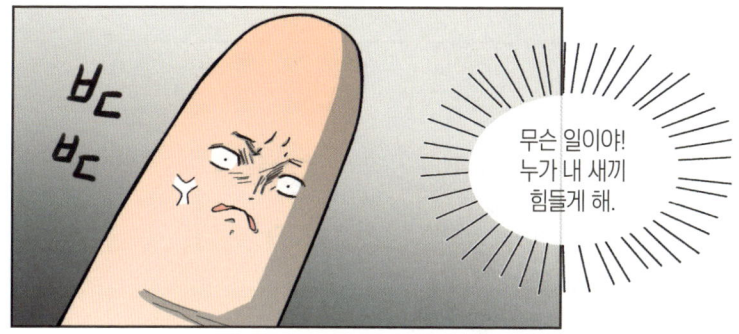

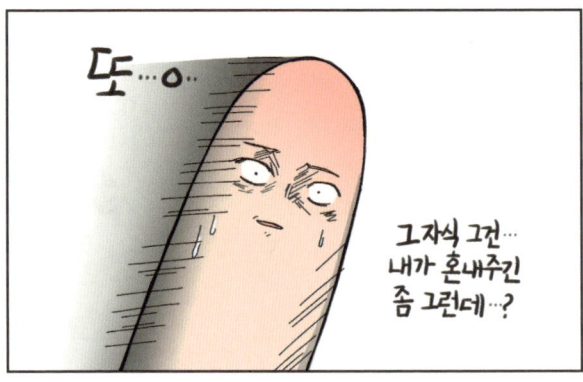

또…ㅇ..

그자식 그건…
내가 혼내주긴
좀 그런데…?

며칠째길래?

이틀….

하지 마!
이런 대화 하지 마!!!

고작 이틀 가지고
엄살은….

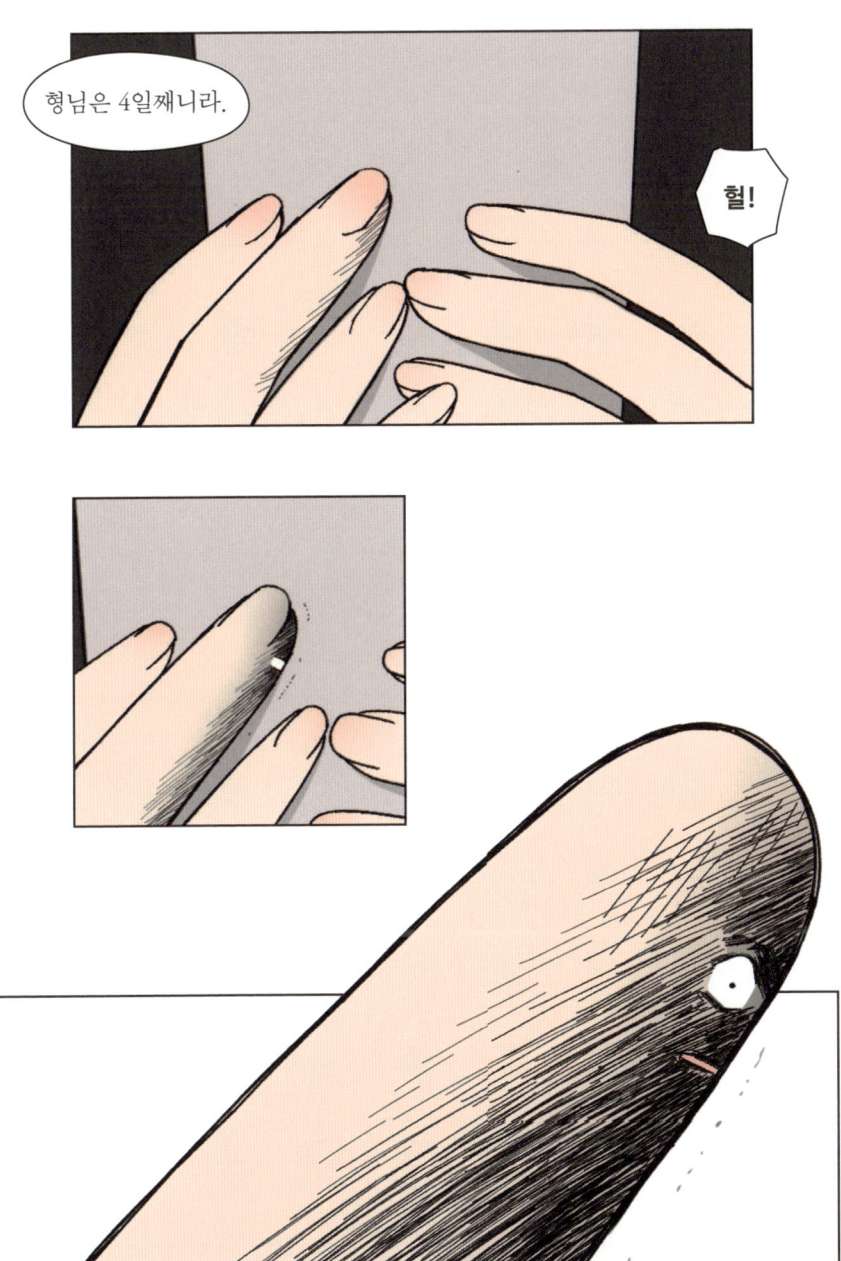

02

덕후 시점

지난 밤,
이상한 꿈을 꿨다.

꿈속에서 나는
오빠의 손가락이
되어 있었다.

미친….
하다 하다 이제
별의별 꿈을
다 꾸는구나….

오빠의 손가락이
되다니….

그런 일이 실제로
일어날 리가 없…

…설마?!?!

꿈이…
아니었어?!

(씹덕사)

팬이라면 아마도
한번쯤 내 가수의
진짜 모습에 궁금증과
환상을 가져본 적이
있을 것이다.

물론 나도 그랬다.

뭐야,

오빠들은 왜
숨만 쉬는데도
멋져…?

오빠들은 대체
부족한 게 뭐야…?

그리고 상상만 해왔던
환상이 현실이 된 지금…

힐끔

부시시…

현실은 내 환상보다
더 환상적이었다.

feat. 덕후 시점

와씨… 오빠는
갓 일어난 모습도
진짜 예쁘구나. ㅠㅠ

아이고...

야!! 우석춘!

깜짝

내 거 아무것도
만지지 말라 했지!!

나가!

아니, 난 진짜
안 건드렸다니까?
…전원키 한 번
누른 것 밖…!

이번엔
또 뭘까?

해설 형 거
고장낸 듯요.

또
무슨 일이에요, 형?

야, 나
이번엔 진짜
억울해.

어구어구
석준 오빠 억울해하는
목소리 봐. ㅠㅠ

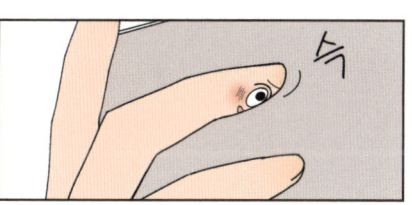

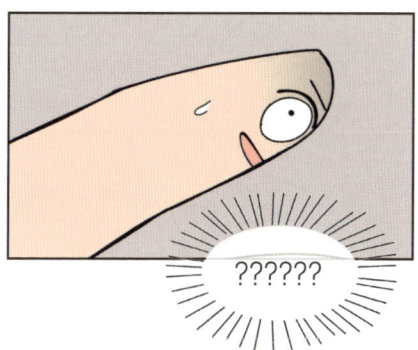

??????

전원 버튼 한 번 누른 게 끝인데!

누구시죠?

어… 어떻게 된 거지
팬들이 아는 석준 오빠는
연예계에서도 패션 피플로
손꼽히는 인물인데다가…

(동공 지진)

집 앞에 갈 때도
풀 셋팅을 하고
흐트러진 모습을 한 번도
보여준 적 없는…!

타 팬들 사이에서도
우패피라고 불리는
존재인데…!!!

석준이 공항 룩 모음 아니고요.
집 앞 슈퍼 룩입니다.

F사 비닐 백 아니고요,
F사 비닐봉지 맞습니다.

이렇게 입고 야채호빵 엄청
사갔다고 하네요.

그랬던
석준 오빠가…

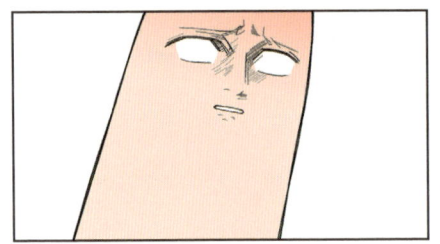

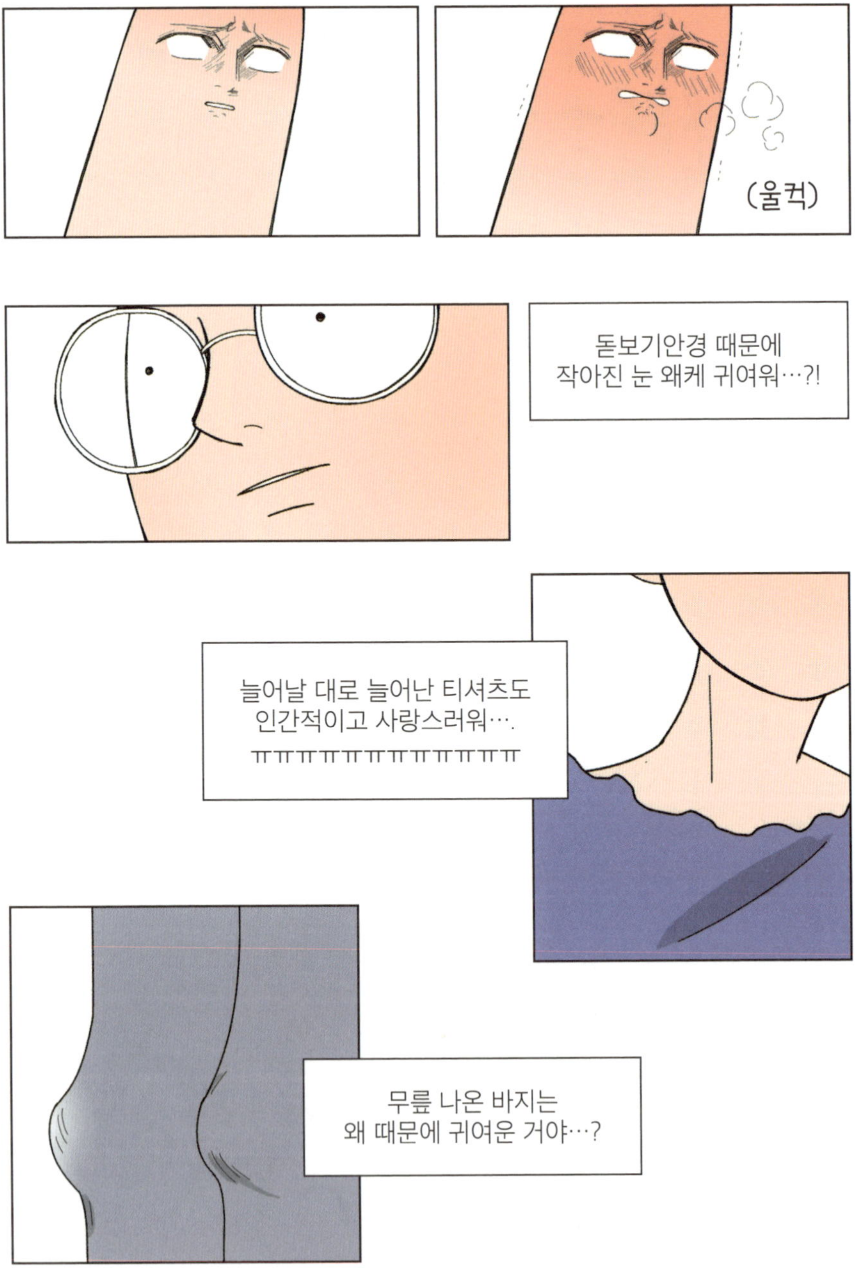

(울컥)

돋보기안경 때문에
작아진 눈 왜케 귀여워…?!

늘어날 대로 늘어난 티셔츠도
인간적이고 사랑스러워….

무릎 나온 바지는
왜 때문에 귀여운 거야…?

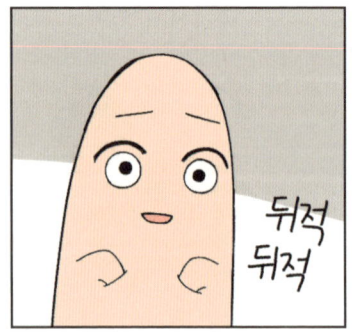

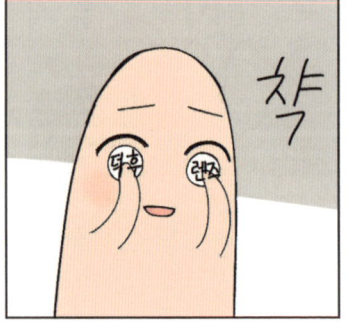

잘못을 했으면
맞아야지?

아니♡

아… 오빠들
사이도 너무 좋고
티격태격 너무
귀엽다…. ㅠㅠ

죽어, 그냥!

다
다
다
다

……

미안하지만
나 먼저
쾌변하러 가겠네.

그 길로 영원히
꺼져.

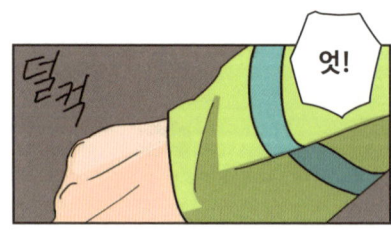

덜컥

엇!

안에
누구 있어요?

나다, 왜.

정근 형, 어디 가요?

엉. 건전지 사러.

형, 잠깐!

왜?

형, 오늘 별자리운세 외출 삼가하라는데?

아냐, 금전 이야기 뿐이던데?

형이 보는 데보다 여기서 보는 게 확실하다니까 띠별운세도 외출하지 말래.

어… 진짜네…?

사수자리
외출을 삼가라
을 잃게 될 수도
니 금전에 관
로 미루라

사수자리
외출을 삼가라
을 잃게 될 수도
니 금전에 관
로 미루라

……

건전지 사려다
단명할 순 없지

하하
하하

역시 이불 밖은
위험행♡

ㅋㅋ

우와… 정근 오빠
미신 잘 믿는다는 거
알고 있긴 했지만….

컨셉 1도 없는
이야기였구나. ㅠㅠ
귀여워. ㅠㅠ

꼼지락

!!!

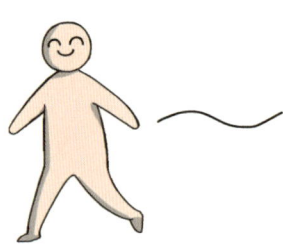

풀썩

사인은··· 오빠의···
귀여운 발가락···.

어…?

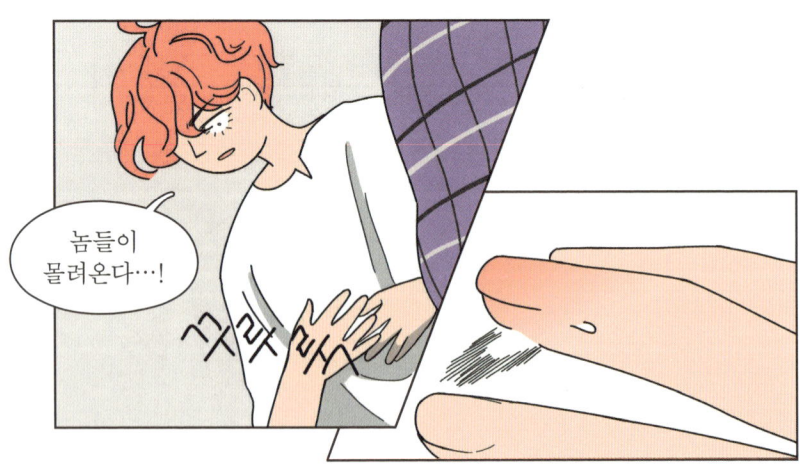

놈들이
몰려온다…!

물론 오빠들도 슈스이기 이전에
사람이기에 볼일을 보는 것이
당연하다는 것을 알고 있다.

하지만 그것을
곁에서 함께하는 건…

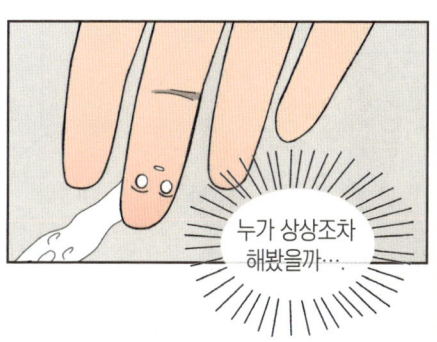

누가 상상조차
해봤을까…

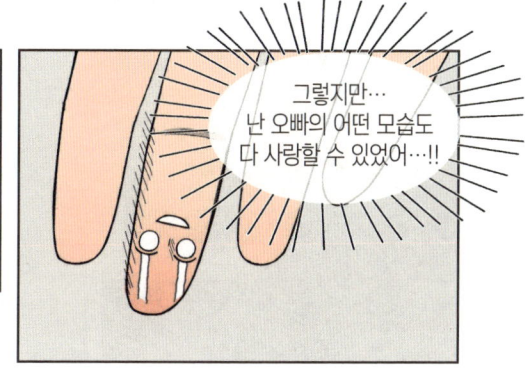

그렇지만…
난 오빠의 어떤 모습도
다 사랑할 수 있었어…!!

왜냐면 오빠는…!
여전히 착하고 잘생기고
노래 잘하고 춤도
잘 추는!

졸라 완벽한
어기윤이니까!!

야, 어기윤.
너 이거 언제
치울 거야?

엇, 형, 그거
제가 치워둔 건데?

야 인간적으로 이게
치운 거야? 밑에 쌓인 거 땜에
옷 걸어둔 게 구겨지잖아.

근데 진짜
둘 데가 없어요.

!

저 선물… 내가
올해 기윤 오빠 생일에
보냈는데…

별거 아니지만
맘에 들어했음
좋겠당… 헤헤.

석준아.

왜여?

형이 오늘 외출하면 득 될게 없는 손 있는 날이라네? 그래서 말인데….

얼른 준비해요.

주륵..

03

팬으로서 살아간다는 것

세상에 많은 팬덤이
존재하는 만큼

제각각 다양한
입덕 계기들이
있을 것이다.

이제 이 문을
통과하시면 버는 족족
오빠들에게 쓰신다고
보면 돼요.

입 덕

아… 네.

출구도
없을 거예요.

네… 네.
괜찮아요. ㅎㅎ

개중엔 지인으로부터
영업을 당해 팬이 된
경우도 있을 것이고,

가랑비에 옷이 젖듯
서서히 입덕의 길로 들어선
경우도 있을 것이다.

며칠 뒤,

그리고
나 같은 경우는…

…?

부릉…

흐익

사고였다.
(덕통사고…)

③ 예매 당일
내 똥컴을 피해
피시방으로 간다.

④ 팝업 차단 OK.

□ 팝업 차단 사용
　○ 사용
　◉ 사용 안 함
□ 혼합된 콘텐츠 표시
　○ 사용
　○ 사용 안 함

⑤ 티켓팅 시계
준비 OK.

어딘가 내 자리 하나쯤은 있겠지...님의 현재시간은...

일 28일 17시 51분 28초

그리고 다시 고민….

……

과 동시에

안 갈 거면 왜
표를 예매해서
팔자 고치려고 드냐?!
이런 XX!
XXX X XXX!!!

확! 마!
다 신고해뿔라!

팬으로 살아간다는 건
역시 쉽지 않다….

그리고 각종 행사 때
내 가수를 응원하러 가면 묘하게
현타를 느끼게 되는데….

2017
음악
축제

DO

아, 춥당…
얼른 들어가서
보고 싶다…!

모든 팬들은 축제에
초대된 손님임에도
불구하고…

30분 딜레이.

콜록

콜록

콜록

1시간 30분 딜레이.

덜 덜

덜 덜 덜

덜 덜

덜 덜

덜

묘하게 주최측이 고용한
일일 알바가 된 느낌이 문득 든다.

사실 나도 사람이다 보니
스스로 회의감이 들 때도 있다.

하지만…

듣지도 않을 앨범을
30여장 구매하는 팬들의
소비가 이대로 괜찮을지
의문이 드는데요.

듣지도 않을 앨범 30여장씩 구매하

내가 정말
뉴스에 나올 만큼
잘못하고 있는 걸까…?

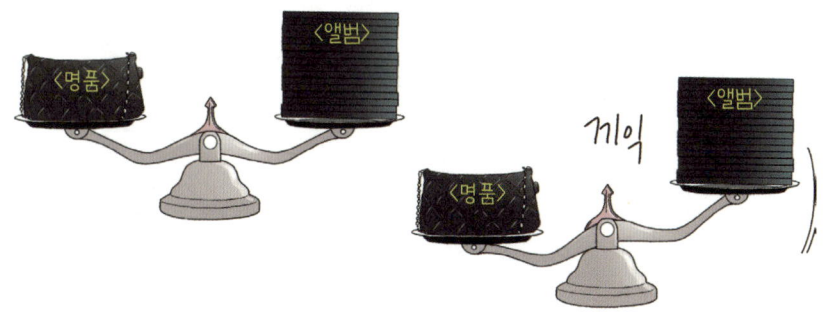

나는 그저
내가 행복할 수 있는 기준에 맞게
소비를 하는 것뿐인데

〈명품〉 〈앨범〉

끼익

〈명품〉 〈앨범〉

하핫

볶아 먹든 삶아 먹든
내가 알아서 할 테니
걱정 ㄴㄴ합니다.

와~ 지독하다,
지독해. 아직도
걔네 좋아하냐?

그래도 네가 좋아하는 애, 드라마에 나오는 거 보니까 잘생겼더라.

잘생겼지? 기윤 오빠 사진 좀 보내줄까?

야~ 뭔 오빠야. 우리보다 한참 어리지 않아?

아직도 오빠라고 부르네.ㅋㅋㅋ

양심도 없어요. ㅋㅋㅋ

......

04
COMEBACK

손가락이 된 후
내가 가장 많이 본
오빠들의 모습은

오로지 숙소와 연습실만
오갔기 때문에 대부분 편안한
사복 차림이었다.

하지만 10월 31일!
오늘은 달랐다…!!

왜냐면 오늘은!

오늘은…!

코디님, 감사합니다….
진심으로 3대가
번창하시길 바랄게요. ㅠㅠ

누나, 누나.

자꾸 건들지 마.
실로 고정해둘게.

아냐,
안 건드렸는데….

여기 단추
떨어질 거 같아.

잉?
벌써?

우와….

이렇게 가까이서 오빠와 아이컨텍하고 대화하는데 아무렇지 않아보여….

나라면 절대 눈도 못 마주칠 텐데….

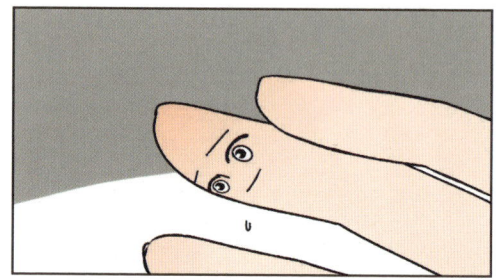

막상 그렇게 생각하고 보니…

나는 정말 아무것도 아니라는 생각이 들었다.

오늘 무대는 성공적일 거임. 왜냐면 오늘의 행운템 실팔찌를 했거등♥

어쩔 때 보면 형이 제일 막내 같아요. 맏형.

항상 무대 올라가기 전에 하는 이야기지만,

열심히 준비한 만큼 또 기다려주신 팬분들 생각하면서….

알아서 잘하겠지만 그래도 잘하자!

너~

그럼 뭐… 각오 한 마디씩?

아, 진짜 하지 말자. 제발.ㅋ

이제 각오는 각자 일기장에 적도록 하자!

오히려 기빨려요.

그럼 오늘은 막내가 대표로 한 마디 하죠?

그래그래. ㅋㅋ

…다들…

그만해!
옷 구겨져!

그러고 보니 새삼
오빠들의 4년이란 시간이
실감이 나네….

얼마전까지만 해도
어딜 가나 막내라
앳된 얼굴로 인사하러 다니기
바빴던 것 같은데….

이제는
오빠들이…

그때 그 선배들의
자리를 채우게 됐구나.

방금 내가
뭘 보고 온 거지…?

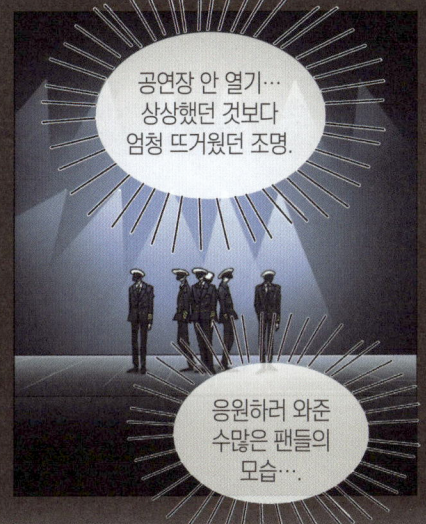

공연장 안 열기…
상상했던 것보다
엄청 뜨거웠던 조명.

응원하러 와준
수많은 팬들의
모습…

나 역시
손가락이 되지 못했다면
그곳에서 오빠들을
바라봤겠지?

컴백이 성공적으로
끝난 건 다 나의 실팔찌
덕분인 거 알죠?

무대 밑에선 마냥
소년 같은 오빠들이…

알죠 알죠.
확실히 그거 때문은
아니라는 거.

무대 위에선…!

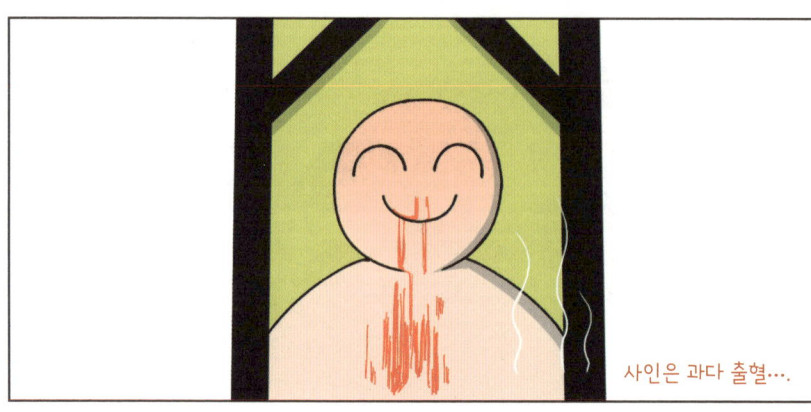

사인은 과다 출혈….

기윤아, 발 내려.
사람들도 많은데.

잠깐만
이러고 있을게요.

발 내리라카면
빨랑 내려라. ㅋㅋ

아!
하지 마!!

간질

간질

끄하
하학

보나마나
잘했겠지 않겠음?

와, 잘도
지 입으로 저런
소릴 하네.

으이

다녀올게욧!

잘 다녀와라.

05
BIRTHDAY

이번엔 앉아서 촬영할게요.

좀 더 밝게 웃으면서~ 네~ 좋아요.

소품 좀 더 잘 보이게 들어주고요~. 좋아요~.

오빠의 손가락이 된 후
매일매일 설레는
나날의 연속이지만

특별히 오늘은 좀 더…
설레는 날이다.

촬영
여기까지 할게요.
고생하셨어요.

고생하셨습니다~!

야아~
퇴근이다아~~

정근 형이랑 석준 형이 고준 형 데리고 먼저 숙소 들어간다니까 우리가 케이크 사가면 돼요.

그래, 근데 정고준 티 안 내려고 하는 거 같은데 묘하게 기대하는 거 느껴지지 않냐. ㅋ

분명 기대 겁나 한다니까요. ㅋㅋ

기윤 형도 늦지 말고 와요. 카톡 미리 할 테니까.

잉? 어기윤, 어디 감?

전우성 형님이 친목도모 하자고 했어요.

헐, 전우성…! 인맥왕인데 어기윤?!

아무튼 생파하기 전엔 꼭 와요.

알았다니까.

그렇다. 오늘은…

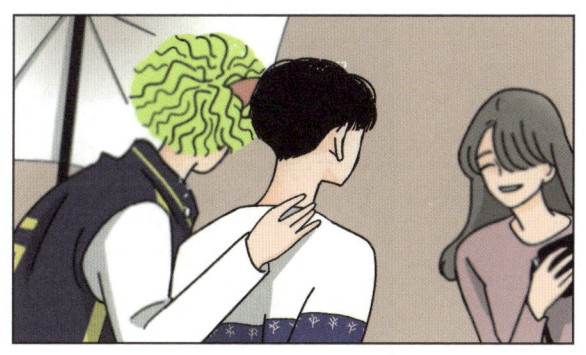

고생하셨습니다~

고준 오빠의
생일이다.

이제 꿈이 아니란 거
알지만 오늘은 왠지 정말
꿈꾸는 거 같아….

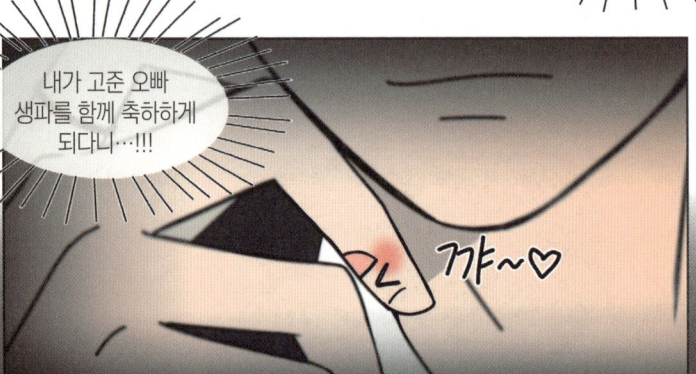

내가 고준 오빠
생파를 함께 축하하게
되다니…!!!

꺄~♡

아~
쌀쌀하네.

응?

뭐… 뭐고…
이게?

뭐고….

진짜 뭔데….

끼이익

펑

!

깜짝

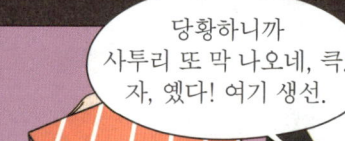

자꾸 애 취급하지 마요.
꼴랑 두 살 형이면서….

저도 이제
20살 성인이니까
내 맘대로 할
거예요.

〈상상 속 급전개〉

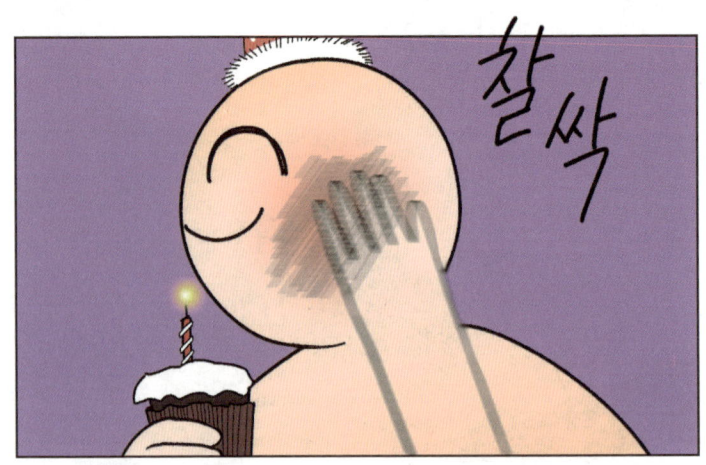

찰싹

순수한 마음을 찾을 때까지

셀프 따귀를 치자.

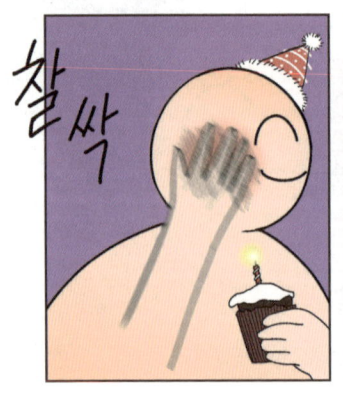

찰싹

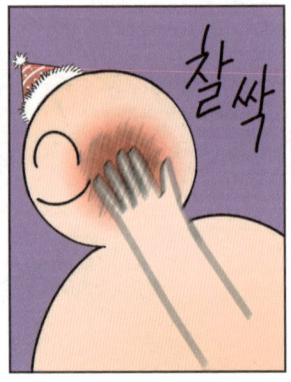

찰싹

찰싹

찰싹

찰싹

···결국 찾지 못해 사망.

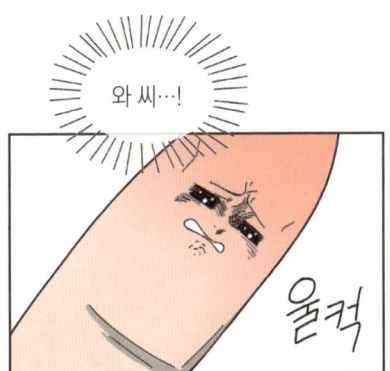

와 씨···!

울컥

진짜 끝내주는
생파겠다!!!

아!

왜 그래?
어디 아파?

아니, 그냥
요즘 가끔씩···.

색상이랑
디자인 확인해봐.

GUGI

오~ 땡큐~.

헐?

저… 저건…!

고준 오빠
생일 선물?!?!

말했던 거
맞지?

어.

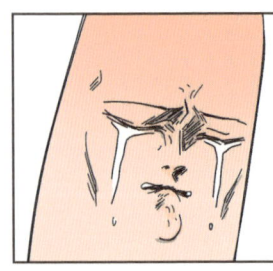

…이…

이럴 수가…!

스크린 너머로만 봐왔던 배우들이다…!!

그것도 하나같이 예쁘고, 귀티나고 우아하고…!

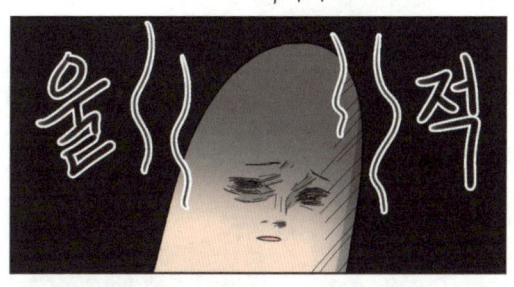

안녕하세요!

헐? 모델 석기다…!!
대박 실물 쩐다! ㄷㄷ

이번 앨범
매일 듣고 있어요!
이번 드라마도
진짜 다 봤어요!

아…!
좋게 봐주셨다니
감사합니다.

와… 모델 석기가
울 오빠 팬이었구나….
신기하당….

팬이에요. ㅎ
만나서 영광입니다!

기윤아!
이쪽으로… 어?
석기 너 언제 왔어?

대략 10분 전쯤요?
올만이에요, 형!

얼굴 좀 자주 보여줘라.
명절 때 딸랑 문자 하나
남기는 거 말고!

ㅋㅋㅋ
그럴게요.

그럼 즐거운 시간
보내고 가세요! 만나서
영광이었습니다!

저도
반가웠습니다!

확실히
연예인들은 다르구나… .
외국처럼 이런 곳에서
모임도 가지고… .
우왕… .

형!

어?!
석기도
왔네!

신기하당♥

159

여덟 시 칠 분…!
곧 있으면 아홉 시!!!

이제 곧 있음
파티를 하겠구나!!
크핳ㅎ하하핳ㅎ핳!!

아~ 멤버들이에요.
잠깐 전화 좀 받고 올게요.

박휘운
휴대전화

기윤아,
너 전화 오는 거 같은데?
진동 소리 들려.

그래그래.

여보세요.

형, 어디야?
오고 있어?

5분 뒤에 출발하려고.
근데 나 밧데리 3%라
곧 폰 꺼진다.

기윤찡!! 얼른 와여, 기윤찡!!!
아! 좀 조용해봐여! 정근 형!

형! 오늘 생파하고
저번처럼 3 대 3으로 농구 붙어서
내기하자는데

얼른 와, 어기윤이!

아, 이 인간이!

야… 나
밧데리 없다니까
빨리 말해.

아무튼 얼른 와! 늦지 말고!

…안녕?

……!

아…! 통화 중인 줄 몰랐어! 미안!

와…! 서수진도 왔구나?
진짜 예쁘다….
화면으로 볼 때도
예뻤는데 실물은 더 이쁘네….
근데 뭐야… 오빠랑
아는 사이였어?!

수진아! 이제 출발해야겠다.

아, 네!

내일 아침 일찍 스케줄이 있어서 그만 가봐야겠다. 좀 더 이야기 나누고 싶은데 아쉽네….

다음에 밥 한번 같이 먹자!

응, 아니야.

매니저 통해서 연락처 남길게. 연락해!

그래. 조심히 들어가!

왠지… 모든 게
다 엉망이 된 것 같은
기분이다….

이렇게 허무하게
지나가 버리다니…

고준 오빠는…

섭섭하지
않았을까?

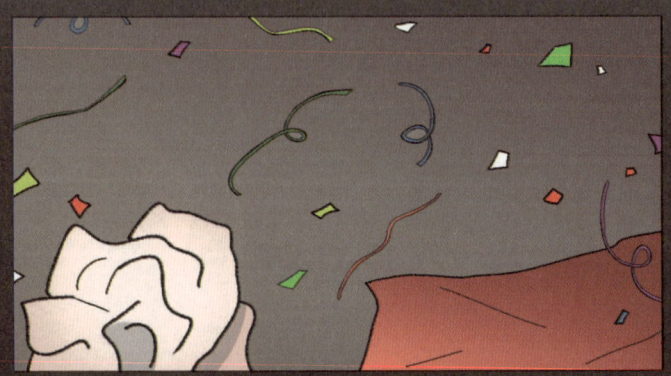

삐빅 삐빅
삐빅 삐빅

왔냐?

아! 놀래라…!!
소리 지를 뻔했잖아!

06

팬티 도둑과 팬 사인회

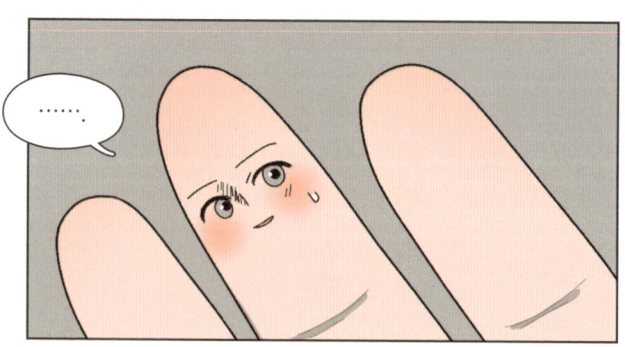

미친놈아
나 아냐! 은근히
뭐 없어졌다 하면
나부터 의심하더라?

니가 전적이
많으니…!

XX 그 양말도
내 꺼잖아!

야, 양말은
니 꺼 내 꺼가 어딨어!
나눠 신을 수도 있지.

뭐래. 됐고,
빨랑 벗어.

소란스럽긴 하지만
오늘도 숙소는…

나름 평화롭게
시작됐습니다.

오늘 오구오구의 스케줄은
다른 스케줄보다 더
특별하게 와닿는다.

왜냐하면…

내 팔자에 영원히
없을 것만 같았던
곳이기 때문이다.

바로 팬 사인회…!!

이곳은 선택된
극소수의 자들만이
올 수 있는 곳.

대체… 당신들은
전생에 뭘 한 거요….

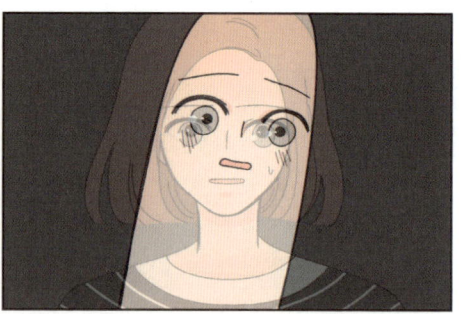

[오구오구 팬 사인회 공지]

오구오구 The 3th Album [Incredible] 를 구매하신 분들 중

당첨자 총 100명 (영품문고 : 50명 / 하트렉스 : 50명)

9 /17 (월) 오후 6시 이후, 영품문고
당첨자 (htt://blog.naver.com/)

앨범을 살 때마다
응모가 된다고?
그럼 많이 살수록
유리한 거잖아?

……

가고싶어..!
내 인생을
내던져(?)서
라도 가고싶어

인생
으구
인간아..

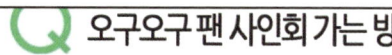

오구오구 팬 사인회 가는 방법?

비공개 | 질문 258건 | 질문마감률 78.4% | 질문채택률 7

안녕하세요 늦덕 우쮸쮸 인데요 ㅠㅠ
오구오구를 아직 한번도 못 봐서 싸인회 꼭 가고시픈데
방법? 팁? 혹시 있으면 좀 알려주세요 ㅠㅠㅠ

달깍

💬 1   나도 궁금해요 15   📤

안녕하세요.

2년차 우쮸쮸 입니다.
100장 정도 사면 안정빵이라고 합니다.
하지만 100명 밖에 안 뽑으니까
운이 따라야겠죠?
답변이 도움 되셨길 바래요!

100장?
100장이면
얼마지?

달칵

달칵

아…!
역시 개비싸구나.

……

어쩌지…
나 진짜 가고 싶은데….
정말… 진짜….

간절하게
가고 싶어….

적당히 해..

인생

아?

그러고 보니
나… 코트를 사려고
했었잖아?

그렇게 사인회 당첨을
꿈꾸며 앨범을 샀다.

하지만 안 됐다.

아~예.
거기 관 짜주는 곳이죠?
앨범으로 관 좀 짜주세요.

그날 이후로…

사인회나 당첨
같은 건 바라지 않고
살아왔는데….

그랬던 내가
여기 오다니…!

흐어엉

이제 자리에
착석하시고
곧 시작할게요!

꺄아아~

야~ 어기윤.
설마 아까 일 때문에
아직 화나 있어?
인상 좀 풀어라~.

고준 오빠…!
안녕하세요!

아, 네!
안녕하세요!

실물이
훨씬 잘생겼어요
오빠…!

ㅋㅋ 아, 진짜요?
고마워요.

사인회
당첨되고 계속
잠 설쳤어요…. ㅠㅠ

설렜어요?

네…!

으아아…!!
부러워…!

오빠랑 눈도 맞추고
대화도 나누고…!

에? 다이어트할 데가
어디 있다고 굶어요?

좀 더 예뻐보이고
싶어서요. ㅠㅠ

충분히 예쁘니까
무리해서 빼지 마요!

넷…!

안녕하세요!
기윤 오빠…!

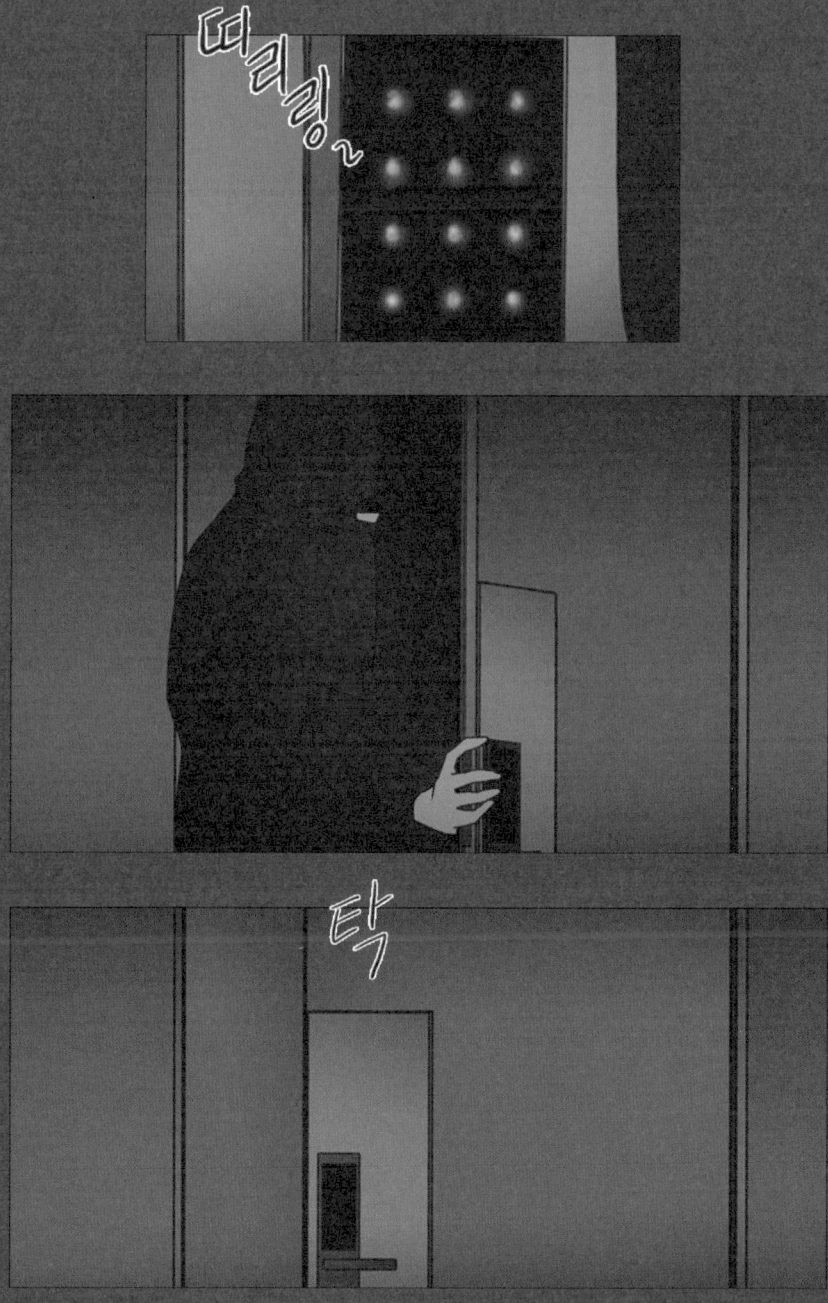

아! 그리고 저,
사인회 당첨되고 나서
하루에…!

하루에 한 끼만
먹으면서 다이어트
했다고요?

엇…!
다 들으셨었구나…!
네… 으핫…!

으허엉…

이름이 어떻게 되세요?

민영이요!

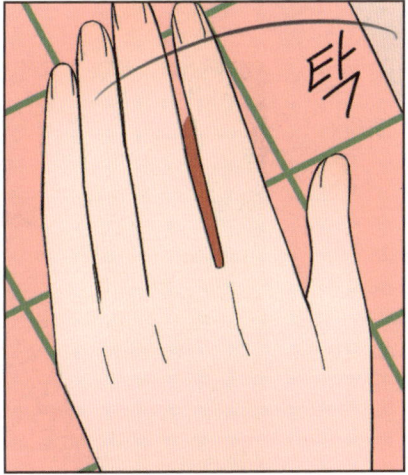

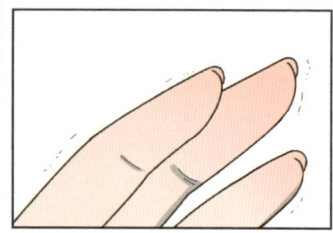

끄아앗!

오늘부터
손 안 씻을래요!

…!

어쩌지…!
화난 걸까?
으아아….

기윤이한테
넘 오래 있는 거 아닙니까?
심심해요, 저. ㅋㅋ

으앗! 넷!

생각보다 시간이
길어져서 15분 휴식하고
101번부터 다시
시작할게요~!

기윤아, 잠깐
얘기 좀 하자.

혹시 요즘 고준이랑 무슨 문제 있어?

아니요, 왜요?

오늘 아침 일 때문에 기분이 안 좋은가 해서.

그냥 피곤해서 그래요.

그래?

별일 아니면 다행이고… 컴백하고 다들 바빠서 같이 대화할 시간도 없으니까,

신경을 많이 못 쓰는 거 같네. 여튼 피곤한 거 알지만 기운 내고.

우왕… 정근 오빠….

내가 만약
이 상황들을
몰랐다면…

SNS에 올라온
사진들을 보면서…

마냥 좋아하고
추측하기도 하고…

자리에 다들 착석해주시고요 101번부터 그럼 다시 시작하겠습니다.

아마도… 걱정하고 있었겠지?

뭐야… 무슨 일이야? 내 새끼….

오늘 기윤이 텐션이 낮아서 걱정했네요ㅠㅠ 잘 웃지도 않고 무슨 일 있는 건 아닌지..ㅠㅠㅠ

헐… 감기?

감기 때문에 아팠다는 이야기 있더라구요ㅠㅠ 아프지 마ㅠㅠ

헐..그리고 보니 사진에 표정들이 안 좋으네요 무슨일이야 기유아..

바쁜데 쉬지도 못 하니까 아프지… 어떡해….

기윤아… 제발 아프지 마….ㅠㅠ

하지만 만약
지금 다시 사람으로
돌아간다 해도 예전처럼
좋아할 수 있을까?

…!

요즘 왜 자꾸
이런 생각만
하는 거지…?

기윤 님…?
안녕하세요!

두근

두근

안녕하세요~.
방긋

이름이 어떻게 되세요?

진영이요! 송진영…!

오빠가 웃어줬당..!

이름 예쁘다~.

진짜요? 감사합니당!

가윤 님 주려고 가져왔어요 ♥

고마워요 ㅋㅋ

어울려요?
ㅋㅋ

안녕하세요~!
석준입니다!

오늘 이렇게 오랜만에
팬분들과 함께 가까이서
만날 수 있어서 기뻤습니다!

그럼 애교 한번
보여주시죠?

꺄아아~!!

보여주시죠!

보여줘!

아니, 무슨
갑자기 애굡니까?

보여주어요!

뿌잇~

ㅋㅋ   잘하네~   ㅋㅋㅋ   ㅋㅋㅋㅋ

귀여워!!

꺄아아!!

저도 석준 형과
같은 생각인데요.
팬분들이 계시기에 저희가
존재하니까요.

앞으로 더
이런 행사가 많아져서
더 가까이서 팬분들
만났으면 좋겠습니다!

고마워용!

까아
아아
아아

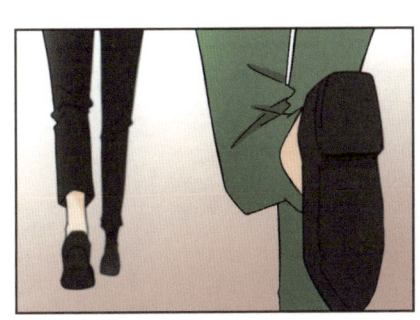

어기윤!
잠깐 얘기 좀
하자니까!

왜,
사과하려고?

뭐? 내가 왜?!

아님 말고.
다음 스케줄이 있어서
먼저 간다.

야! 너 유치하게
이럴래?

아오… 어기윤!
저 똥고집…!

아흐~
정신없다~.

정고준
안 자고 기다릴 거야
숙소서 봐

형,
이 다음 팬싸가
언제랬지?

이틀 뒤.

몇 명?

100명.

아~ 다행이네.

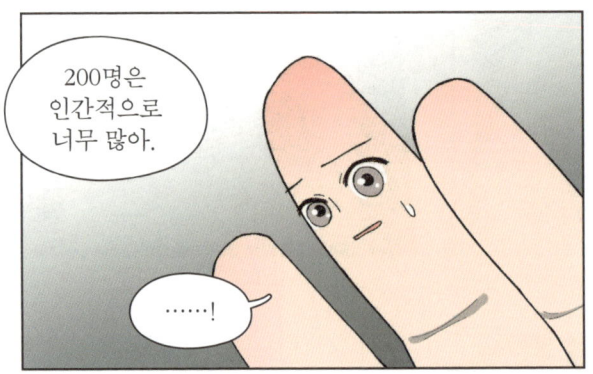

200명은 인간적으로 너무 많아.

어떻게…
팬들을 만나는 일을
그렇게 말할 수 있어?

……!

물론 힘들다는 거
누구보다 잘 알아.
그래도 팬들한테 그러면
안 되는 거잖아…?

지금 이 자리까지
온 게 다 누구 덕분…!

…….

…이런 식으로 정말
말하고 싶지 않았는데…
나도 어쩔 수 없구나.

할 수만 있다면
다시 돌아가고 싶어….

손가락이 되기 전…
그때로.

07

아… 인생

손가락이 된 후,
나는 잠들기 전 항상
그런 걱정을 했었다.

만약 지금 잠이 들었다
다음 날 눈을 떴을 때…

…!

익숙한 내 방 천장이
보이면 어떡하지?

이 모든 게 꿈이었으면
어떡하지? 하는 걱정을….

그런데
문득 생각해보니
며칠 전부터

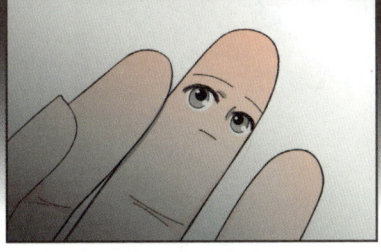

그런 걱정을
하지 않은 것 같다.

나는 스타라는 직업이
TV로 접할 땐 마냥
근사하기만 해서

힘들더라도 한번
저렇게 살아보고 싶다고
생각했었는데

오구오구의
스케줄을
함께 겪어보니…

상상 이상으로…

쿠에엥...

정.말.개.힘.들.다.

"내가 이렇게 죽는구나...."

컴백 후 쉴 새 없이 찍는 음악 방송은 기본이며

예능

CF

각종 화보, 해외 일정까지.

탁

다들 일어나자~!
10분 안으로 도착이다~.

으아아~

얼른 일어나~
못 일어나면
깨워주고.

기윤아 일어나자…
곧 도착이래.

아아아….

제발 5분만….

…5분만….

하지만 모두 팬들과
카메라 앞에 서면…

언제 피곤했냐는 듯
금세 환하게 웃는다.

어떻게 이럴 수 있지?
웃음 버튼이라도
있는 거야…?

이건
사람 사는 게
아니야…. ㅠㅠ

꺄야야야

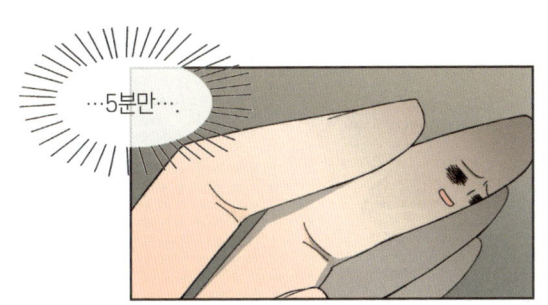

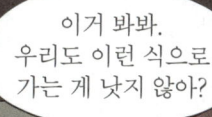

이거 봐봐. 우리도 이런 식으로 가는 게 낫지 않아?

좀 색다른 느낌도 줄 수 있을 거 같고, 잔잔하게 시작하고 딱 터트리고?

저도 그 부분 생각해 봤는데 한 번 직접 짜 봐야 알 거 같아요.

나는 그게 나을 거 같은데 오늘 가서…

조용히 좀 가자!

어제도 늦게까지 촬영하고 와서 얼마 못 잔 거 알잖아? 근데 굳이 꼭 지금 그 얘길 해야 해?

…아무리 편하다 해도 해설이가 형인데….

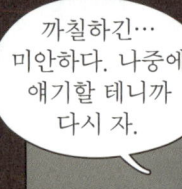

까칠하긴…
미안하다. 나중에
얘기할 테니까
다시 자.

여기
잠 못 잔 사람이
너밖에 없어?

야.

우리도 다 마찬가지야.
그리고 우리가
그냥 떠들었어?

콘서트 관련해서
얘기 나눈 거잖아!

너 연기하느라 콘서트
준비 과정 참여 못 하는 거
배려하는 만큼 우리가
그만큼 더 준비해야 하는
부분이 많은데…!

너만 힘들고
지친다는 듯이
말하지 마!

그래서
인지도 높아진 건
누구 덕분인데?

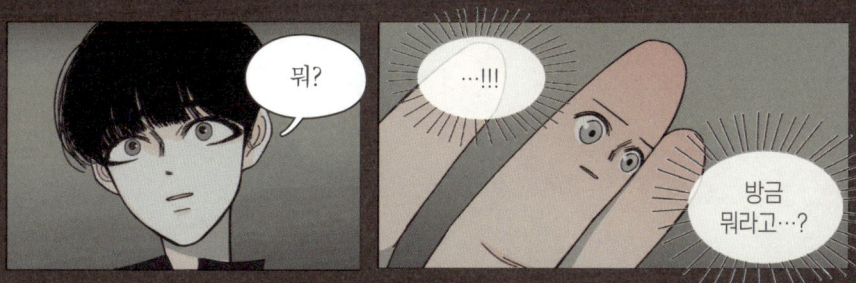

뭐?

…!!!

방금
뭐라고…?

야, 너 방금
뭐랬냐?

그만하자.
피곤하니까.

뭘 그만해!

둘 다 그만 해.

석준 형…!

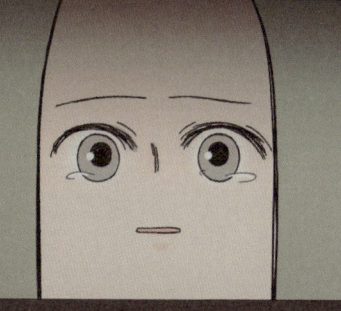

나는 기윤이 너를
정말 좋아하지만…

조금 전 네가
내뱉은 그 말은…

그래서
인지도 높아진 건
누구 덕분인데?

절대 이해해 줄 수
없는 말이었어.

아니 어쩌면…
돌아온 게 아니라…

리얼한
꿈이었던 거…?

……!

자…잠깐!
그러니까 지금…!

정리해 보자면..!!

사실이라 믿었던
모든 일들이!!

내 꿈이었을
뿐인 거네?!

주륵

다행이다….

그래! 애당초 사람이 손가락이 된다는 자체가 말이돼?! 그걸 사실이라고 생각하다니…!

벌떡

하핫!
핫

게다가 우리 천사 같은 기윤이가 그럴 리가 없지!!

할! 하하 핫 팟 하하하

할 하 하 하 하!!

그래도 당장은 꿈이
너무도 현실 같아서 였는지…
기윤이 얼굴을 보면…

왠지 기분이 묘하다.

볼 때마다 설렜던
사진이었는데….

오구오구
이제 다음 차례에
나온다~.

벌

쩍

타앗

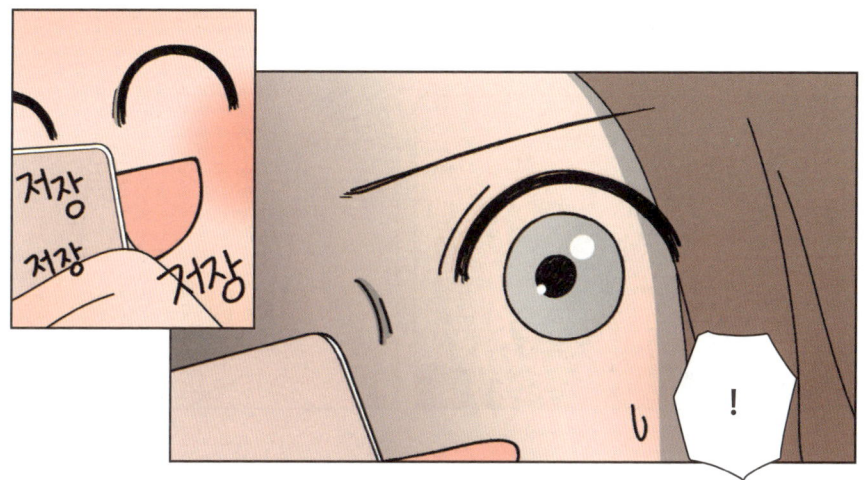

게다가 이날 공항에서 휘운이가 입은 옷은…

커피 쏟아서 바꿔 입은 건데…

누나, 나 커피 쏟아써 ㅠㅠ

……(소름)

어떻게 내가 이런 걸 알고 있는 거지?

레전드화보 예뻐 죽겠다…ㅠㅠ

……

10월 31일 컴백 무대 잊지 못하는 사람…

!

확실해…!
내가 꿈에서 봤던
그대로야…!

컴백 무대를 TV로
본 기억이 아냐.

게다가 컴백이 31일…
오늘은 11월 21일…

대체 어떻게 된 거야?
혼란스러워…

야! 박정승! 나 어제
집에 있었어?

?

있었지.

엊그제는?
3일 전엔? 그때도
나 계속 집에
있었어?

놀라울 만큼
집에 있었지.

내가 뭐 했어?
기억나는 거 아무거나
말해 봐!

몰라.
덕질 했겠지.

장난치지 말고!
진지하게 대답해!

아, 오늘
진짜 이상하네!!

원래도
이상했지만…!!

흐음…

흐으음…

누나가 분명 집에
있었던 거 같은데…

기억이 안 나.

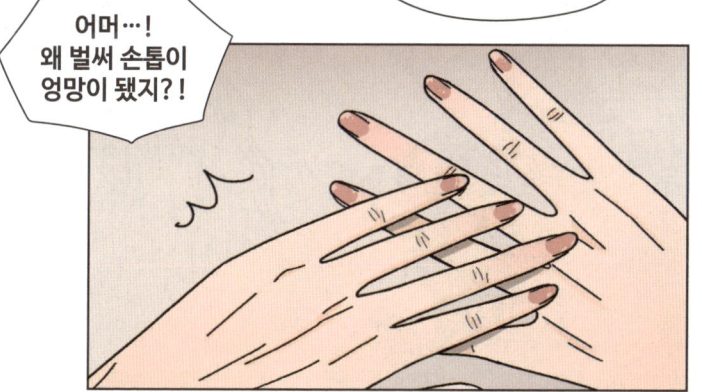

손톱은 또 언제 이렇게
긴 거야? 상태로 보면
한 달은 된 것 같네…!

내 기억이 꿈이
아니었다면 난 정말…

기윤이 손가락이
됐던 거야?

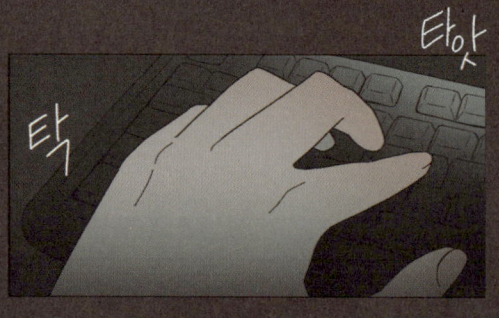

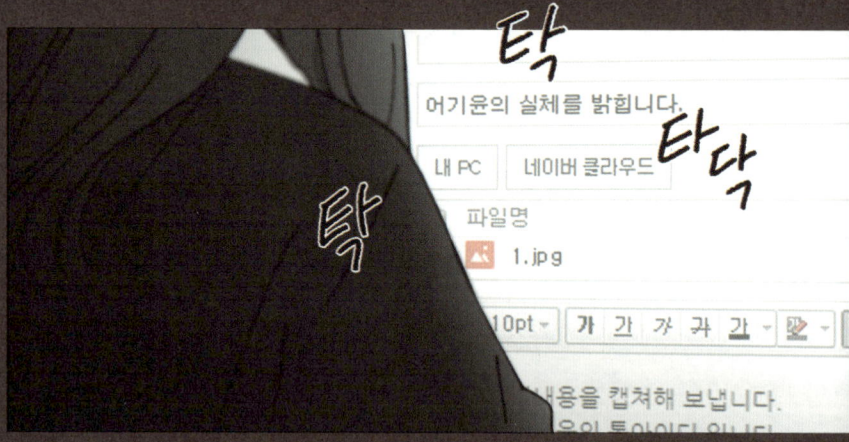

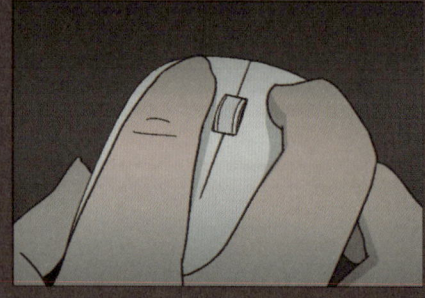

08
RETURN

택배입니까?!

예?
…예!

박정민 씨
맞으시죠?

나에게
지난 4년 동안
오구오구는

드디어 왔다!!!

그리고 위로받고 싶거나
힘든 날 역시…

저번에 말했던 일 다른사람이
하게 됐다네ㅠㅠ 미안ㅠ

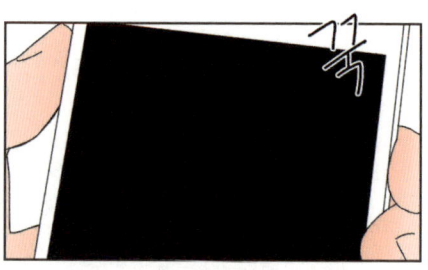

맥주나
사갈까…

괜찮을 거야.
누구나 그래.

네가 웃었으면 좋겠어.
아프지 않았으면 좋겠어.

원래
다 그럼대.

이 노래…
오랜만이다…
잘 알려지지 않은 노랜데
알바생이 팬일까?

지나가면 웃으면서
지금을 말하게 될 거야.

조금 늦게
그 순간이 오더라도
실망하지 마.

다 괜찮아질 테니.

그들에게
위로받기도 했다.

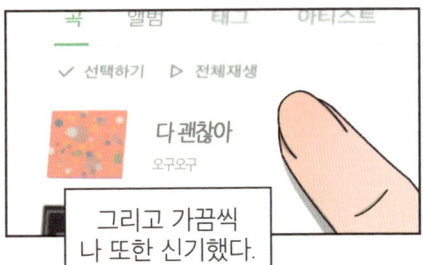

꼭   앨범   태그   아티스트

✓ 선택하기   ▷ 전체재생

다 괜찮아
오구오구

그리고 가끔씩
나 또한 신기했다.

내 존재도 모를 그들에게
이렇게 위로받고…

행복감을 느낄 수
있다는 게.

나는 정말 이 행복에서
깨고 싶지 않았다.

비나이다~.

비나이다~.

아무쪼록
올 한 해도…!

부디 아무런
사건 사고 없이!

오래오래 함께
걸어가게 해주세요!!!

하지만 어쩌다 나는
기적처럼 기윤이의
손가락이 되었고

실제로 곁에서 그들을
보고 느낀 건

확실히 일반인들과
다른 삶을 사는 슈스이지만,

또 한편으론…

누.구.야.

냉장고에 내가
사둔 치킨 먹은 거.

움찔

"이제부터 나와 눈이 마주친 사람이
치킨을 먹은 범인이다."

보통 그 나이
또래들과 크게 다르지
않았다는 것이다.

사실 손가락이
되었을 때 크게
실망할 일도 없었다.

애시당초
성인군자를 좋아한 게
아니었으니까.

그렇기 때문에
욕을 하는 모습이라던가…

X발.
똥이 안 나와.

욕 못하는
사람이 어딨어?
(나도 잘하지!)

제가 알아서
할게요.

몸이 힘들면 예민해져
신경질 낼 수도
있다는 거.

뒤척
척

다 이해할 수
있는 모습들이야.

11 12 1
2
3

오히려 막연히
상상했던 것보다 더 열심히
활동하는 모습에…

감동하기도 했다.

하지만 한 가지…

누구보다 멤버들과 팬들을 사랑하고 아끼던 기윤이가…

제가 가장 아끼는 물건은 바로 이 상자인데요, 데뷔전 때부터 받았던 팬레터를 상자에 보관하고 있어요.

점점 받는 팬레터가 많아져서 상자를 더 많이 사야 할 거 같아요.

힘들고 지칠 때 팬분들이 주신 편지 읽으면서 힘내고 있어요. 정말… 고맙습니다…!.

내가 봐왔던 그리고… 좋아했던 기윤이의 모습이 어쩌면 다…

200명은 인간적으로 너무 많아.

툭
투둑

차라리 몰랐다면…
왜 손가락 따위가
됐던 거야….

손가락 따위
되지 않는 편이
좋았을 거야….

기윤아!

혹시
기사 봤어?

[단독] 인기그룹 '오구오구' 어기윤 사생활 폭로?!

[YN=황은석 기자] 어기윤의 지인으로 부터 그의 사생활이 폭로되었다.

최정상 인기그룹이자 얼마전 배우로서의 자질도 검증받아 각종
방송에 출연하며 입지를 다진 오구오구의 멤버인 어기윤의 사생활이
폭로되어 팬들에게 충격을 전해주고 있다.

어기윤의 지인으로 부터 캡처된 듯 한 사진엔 어기윤이 지인과
팬들을 조롱하는 대화가 낱낱히 적혀있다. 캡처된 사진은
팬들과 누리꾼들에 의해 빠르게 퍼지고 있다.

[사진] 지인과 나눈 어기윤의 톡 대화 캡처

에이…
설마 아니겠지?

안티가 악의적으로
만든 거겠지?

걍 단순한
해프닝일 거야.
너무 충격받지 마.

모르지.

...엉?

진짜일지.

어떻게 된 거야?
진짜 이거 너 맞아?

획

......

나 아니야.

그지? 맞지? 이거 너 아닌 거 맞지?

응.

확실하지?

…근데,

그 톡 ID는 이전 폰 사용할 때 썼던 아이디는 맞아.

그게 다야. 그 이상은 나 절대 아냐.

그걸 누가 믿어? 증명할 수 있어?

그런 대화 한 적 없어.

이전에 쓰던 폰 숙소에 있어요.

그럼 당장 숙소 가서 폰 가져와!

네, 그럴게요.

이게 진짜인지 아닌지 궁금해 하는 건 팬들 아니면 없어.

일반인들은 그냥 그렇게 믿어 버리고 끝이라고.

이 일로 너뿐만 아니라 그룹 이미지가 얼마나 나빠지는지 알아둬.

아마 손가락이 되기 전
이런 기사를 접했다면…
나는 절대 믿지 않았을 거다.

하지만 지금은…

지금은…?

왜 없지?

!!

분명 얼마 전까지도 여기 있었는데…!

뒤적

뒤적

없을 리가!

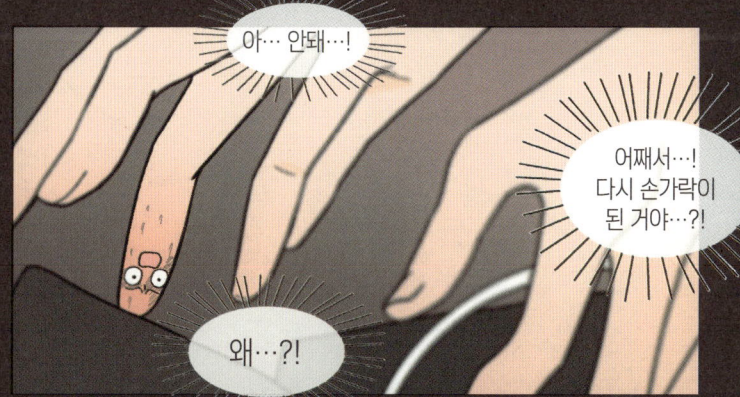

아… 안돼…!

어째서…! 다시 손가락이 된 거야…?!

왜…?!

없어졌어.

「성공한 덕후」 2권으로 이어집니다.

네가 바지에 똥을 싸도 괜찮아….

성공한 덕후 1

1판 1쇄 인쇄 2020년 7월 1일
1판 1쇄 발행 2020년 7월 14일

글 그림 옛사람
펴낸이 김영곤 **펴낸곳** ㈜북이십일 아르테팝
오리진사업본부 본부장 신지원
책임편집 박찬양 **웹콘텐츠팀** 이은지 홍민지
마케팅팀 황은혜 김경은
표지 디자인 디자인그룹 헌드레드
본문 디자인 프린웍스
영업본부 이사 안형태 **영업본부 본부장** 한충희
문학영업팀 김한성 이광호 **제작팀** 이영민 권경민

출판등록 2000년 5월 6일 제406-2003-061호
주소 (우10881) 경기도 파주시 회동길 201(문발동)
대표전화 031-955-2100 **팩스** 031-955-2151 **이메일** book21@book21.co.kr

㈜북이십일 경계를 허무는 콘텐츠 리더

아르테팝 채널에서 도서 정보와 다양한 영상자료, 이벤트를 만나세요!
페이스북 facebook.com/21artepop   트위터 twitter.com/21artepop
인스타그램 instagram.com/21artepop   홈페이지 artepop.book21.com

ISBN 978-89-509-8741-1 07810
책값은 뒤표지에 있습니다.